글·그림 로히

 나만의 이야기를 만들고 싶다는 생각에 연극영화과에 갔다가 앎과 삶에 대한 깊은 성찰이 필요함을 깨닫고 지금은 문화연구를 공부하고 있습니다. 배운 것을 간결하고 쉽게, 그리고 가능하면 깊이 있게 표현하고 싶습니다.

감사의 말

 이 책이 세상에 나오기까지 많은 분들이 도움을 주셨습니다. 상상의 나래를 펼칠 수 있는 기회를 주신 덕에 동화를 써볼 수 있었고, 각 분야에서 축적해온 지혜와 지식을 나눠주신 덕에 부족한 글, 삽화, 스토리의 디테일을 채울 수 있었으며, 따뜻한 조언과 격려를 통해 더 나은 이야기가 될 수 있었습니다. '로봇 다소니' 제작에 도움을 주신 모든 분들께 진심으로 감사드립니다. 사랑하는 할머니, 할아버지께 이 책을 바칩니다.

로봇 다소니

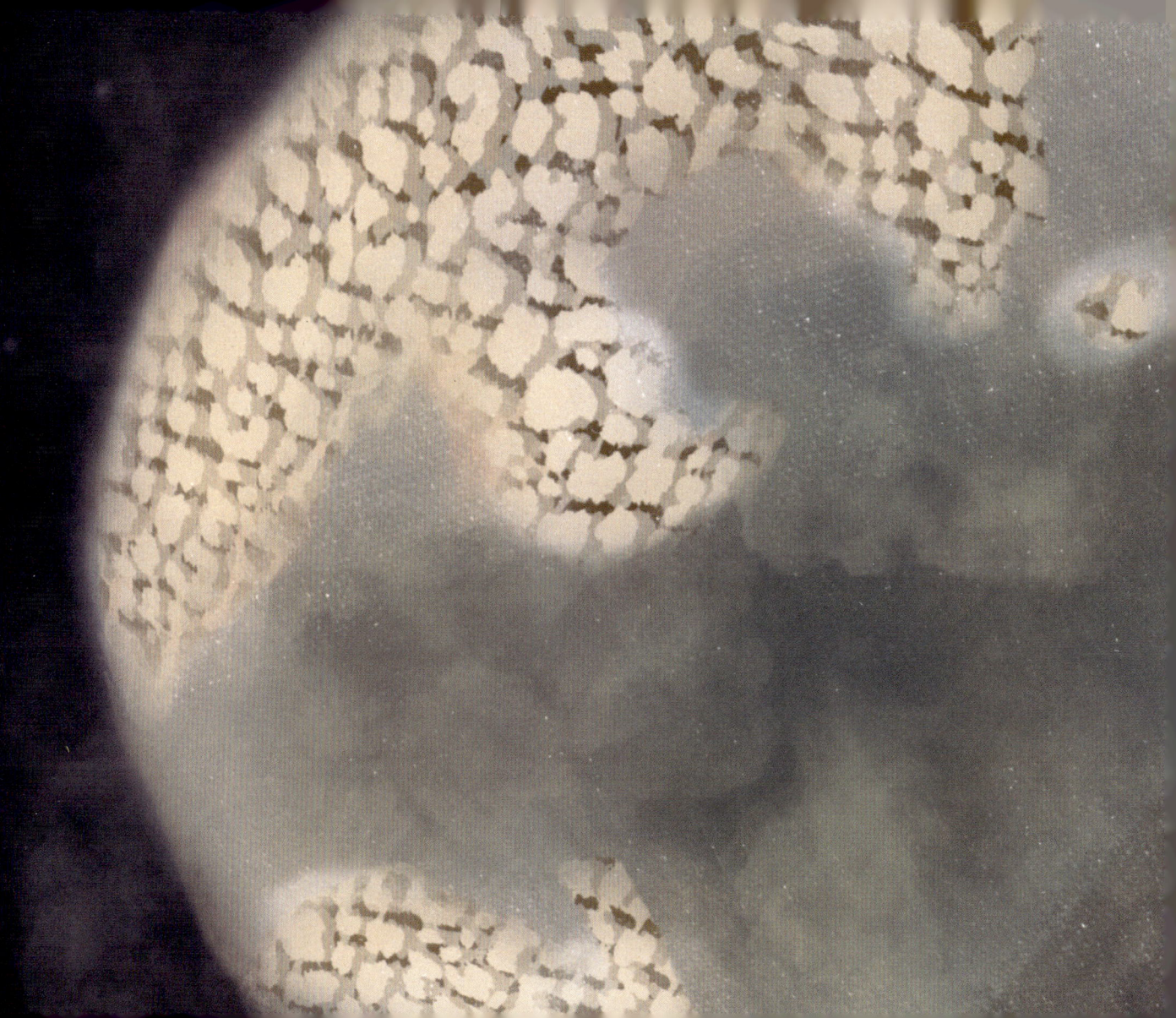

머지않은 미래에 생명이 가득했던 푸른 별 지구는
편리함을 향한 인간들의 욕심으로 황폐해지고
말았어요. 지구의 허파 아마존 밀림이 사라진 이후로
비가 오지 않는 날들이 이어졌고, 산불이 일어나서는
꺼질 줄을 몰랐지요. 그러다가도 엄청난 폭우로
산사태가 나고 마을이 잠기기도 했답니다.

남극의 스웨이츠 빙하마저 녹아버리자 해수면이
높아져 무수한 해안 마을이 바다에 잠겼고,
영구동토층이 녹으며 수만 년간 잠자고 있던
바이러스가 깨어나 이름 모를 질병으로 수많은
사람들이 고통을 겪어야 했어요.

이어지는 재해에 다급해진 세계의 지도자들은
다양한 분야의 전문가들을 모아 대책 회의를 열었지요.

"우리 인간이 멸종되지 않으려면 어떻게 해야 할까요?"

의장이 물었어요.

"사막 100미터 깊이에 지하 벙커를 만들어야 합니다!"

건축공학자가 말했어요.

"화성에 서둘러 위성도시를 세워야 합니다!"

우주 과학자가 말했어요.

"음식과 물을 확보해야 합니다!"

생물학자가 대답했어요.

그 대답에 학자들이 일제히 물었어요.

"그런데 어떻게요?"

"우리가 먹는 음식들의 재료가 되는 식물의 씨앗과 동물의 유전자를 보관합시다. 단단한 바위산에 저장고를 지으면 그 어떤 자연재해에서도 인간은 생존할 수 있을 겁니다."

생물학자의 말에 다른 사람들은 고개를 끄덕였어요.

그러나 한 가지 문제가 있었답니다. 지리학자가 물었어요.

"그 저장고를 어디다 지어야 하죠? 누가, 어디서, 어떻게 살아남을지는 아무도 모르지 않나요? 생존자들은 그곳까지 어떻게 찾아가죠?"

여기저기서 웅성거리는 소리가 나더니 로봇 엔지니어가 손을 번쩍 들었어요.
"저장고까지 생존자를 안내해줄 인공지능 로봇을 만들면 됩니다."

로봇 엔지니어의 기발한 생각에 참석자 모두 박수를 쳤어요. 많은 사람들이 인공지능 로봇에게 무엇이 필요할지 앞다투어 말하기 시작했어요.

"빠른 속도를 위해 로켓 부스터를 달아줍시다!"

"모든 나라 언어로 소통할 수 있게 해야 해요!"

"가다가 동물과 마주칠 수도 있으니 동물에 대한 정보도 넣읍시다!"

"저장고의 위치를 지도에 포함해야 해요!"

"저장고는 대륙마다 하나씩 설치합시다!"

"그 어떤 자연재해에도 견딜 수 있도록 튼튼한 저장고를 세웁시다!"

"로봇은 최소한 만 대를 제작해야 해요!"

참석자들이 한마디씩 하느라 시끌벅적 소란스러울 때 잠잠히 바라보기만 하던 철학자가 말했어요.

"제 생각에 인공지능 로봇이 반드시 알아야 하는 것은 사람의 감정이에요. 로봇이 저장고로 안내해야 하는 건 다른 어떤 존재도 아닌 바로 사람이니까요. 완성하기까지 시간이 조금 더 걸리겠지만 다른 부분들은 나중에 추가하면 되죠."

철학자의 말이 끝나자마자 세계 제1위 다국적기업의 회장이 철학자를 향해 쏘아붙였어요.

"하루빨리 로봇을 만들어서 사람들을 도와야 하는데 무슨 소리요?
 로봇이 저장고까지 가는 내비게이션 기능만 좋으면 되지. 감정은 무슨!"

본인이 로봇 생산권을 독점해 하루라도 빨리 만들어내야 엄청난 수익이 떨어진다는
계산으로 마음이 급했던 거지요. 다른 학자들은 철학자의 말에 동의했지만, 회장의
눈 밖에 나서 거기서 지원하는 연구비를 못 받게 될까 두려워 입을 다물었어요.

하지만 철학자의 의견에 깊이 공감했던 로봇 엔지니어는 투자자는 물론 아무도 모르게
개발 초기 버전의 생존 로봇 한 대를 철학자의 집에 보내주었어요. 철학자가 로봇에게
인간에 대해 가르쳐서 훗날 재난이 닥쳤을 때 정말 도움이 되기를 바랐던 것이지요.

철학자는 로봇에게 '다소니'라는 이름을
지어주었어요. 그들은 함께 책도 읽고,
요리도 하고, 소풍도 가고, 정원도 가꾸었지요.
다소니는 날마다 철학자와 산속을 거닐면서 동물
친구들과 식물들을 만났어요. 그리고 매일 보고
듣고 인지한 것들을 메모리에 저장했지요.
다소니의 알고리즘은 나날이 풍부해졌답니다.

철학자는 가끔 로봇을 데리고 도시에도 나갔어요. 다소니가 좀 더 넓은 세상에서 사람들을 이해하길 바랐기 때문이에요.

"다소니, 세상에는 다양한 사람들이 있어. 절대로 한 가지 모습만 보고 판단해서는 안 돼."

하루는 철학자의 집에 도둑이 들었지 뭐예요! 그는 귀중품을 훔쳐 달아나려고 했지만, 다소니의 경보 덕에 경찰들이 출동해서 범인을 잡을 수 있었어요.
한 경찰관이 도둑에게 왜 집을 털려고 했는지 묻자 우물쭈물하던 도둑은 울먹이며 말했어요.

"사실은 제가 일하던 공장에 인공지능 로봇들을 들여오면서 일자리를 잃었어요.
기계가 모든 일을 대신 해준다며 이제 사람은 필요 없다고 하더군요. 다른 일자리를
알아봤지만 마찬가지였죠. 가족들이 며칠째 굶고 있어요. 어떻게 해야 이 상황이
나아질지 몰라서 그만…… 정말 죄송합니다. 우리 가족은 도움이 필요해요.
부디 용서해주세요."

가만히 도둑의 말을 듣던 철학자는 경찰관에게 도둑을 풀어주게 하고는 그의 가족들이 먹을 음식을 들려 보냈어요.
이 상황을 모두 지켜본 다소니는 갸우뚱했지요. 도둑질을 한 사람은 '처벌을 받는다'고 메모리에 입력되어 있었으니까요.
다소니가 의아해하는 걸 눈치챈 철학자는 다정하게 설명해주었답니다.

"궁지에 몰렸다고 생각할 때 가끔 사람은 어리석은 선택을 하기도 한단다. 그 느낌이 꼭 죽을 것만 같거든."

"그럼 아까 그 도둑은 어리석은 선택을 한 건가요?"

"그래. 안타깝게도. 하지만 누구나 실수하고, 또 그 실수를 통해 배운단다. 도둑은 자기 잘못을 인정하고
용서를 구했잖니? 그래서 나는 그가 더 나은 방향으로 갈 기회를 주는 것이 좋겠다고 생각했어.
용서는 참 어렵지만, 또 그만큼 사람을 변화시키는 힘을 가진 것도 없지. 용서는 사랑이 없으면 할 수 없단다."

로봇인 다소니에게 사랑은 센서에 감지되지 않고 오직 사람들의 말과 행동에서 찾아내야 했기 때문에
너무나도 어려운 것이었어요. 그래도 철학자는 포기하지 않고 다소니에게 사랑을 가르쳐 주려고 애썼어요.

"다소니, 사랑은 너를 움직이게 만드는 태양열처럼 살아갈 힘을 준단다. 사랑을 받는 것도, 주는 것도 누군가를
충만하게 하는 일이거든. 아무리 힘들어도 사랑이 주는 희망이 있다면 사람은 계속해서 나아갈 수 있어.
사랑은 감정만으로 하는 게 아니야. 사랑은 나 대신 다른 누군가를 위한 선택을 하는 것이기도 하지.
그래서 사람이 아닌 너도 그런 사랑을 얼마든지 할 수 있을 거라고 나는 생각해."

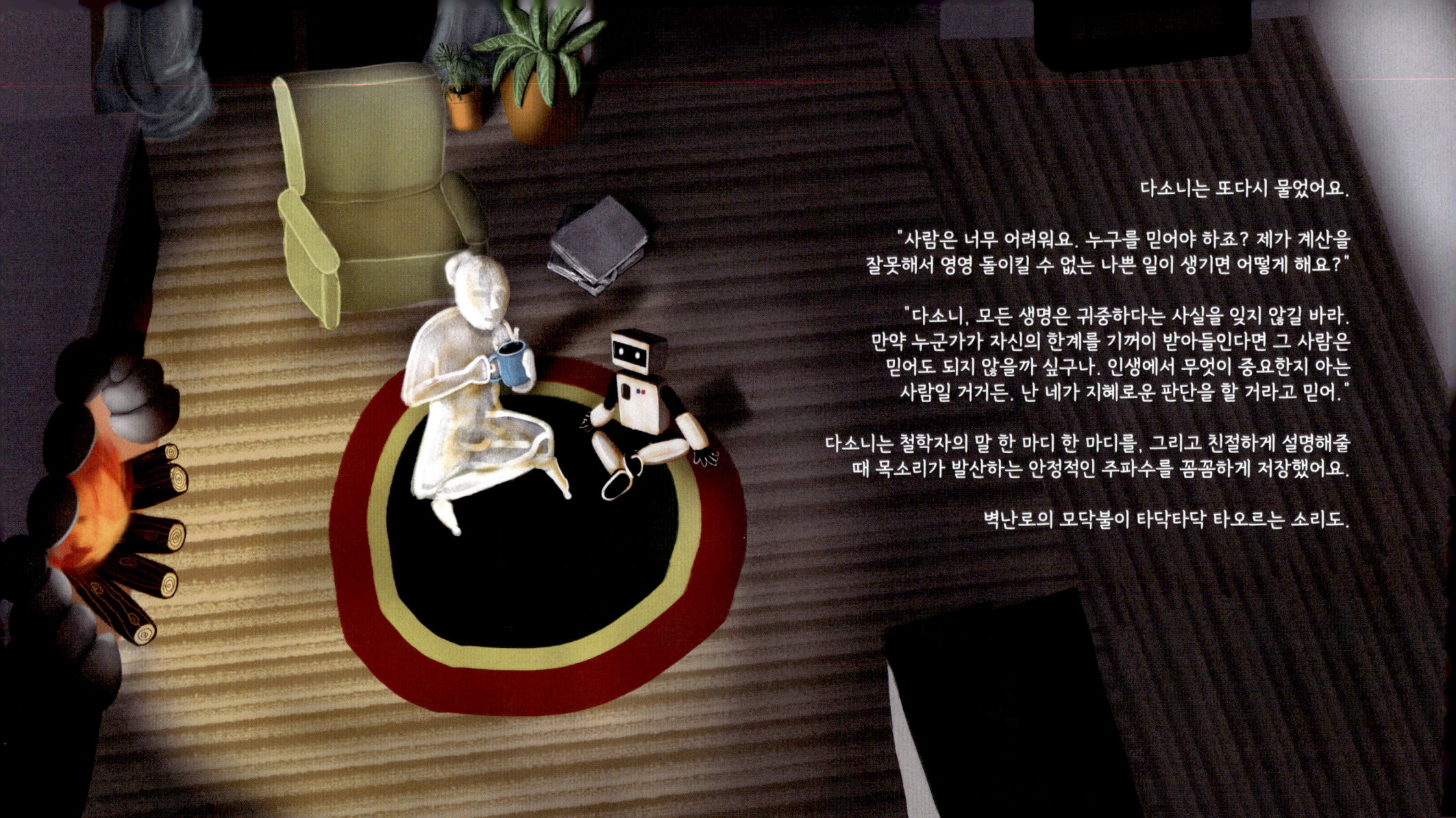

다소니는 또다시 물었어요.

"사람은 너무 어려워요. 누구를 믿어야 하죠? 제가 계산을 잘못해서 영영 돌이킬 수 없는 나쁜 일이 생기면 어떻게 해요?"

"다소니, 모든 생명은 귀중하다는 사실을 잊지 않길 바라. 만약 누군가가 자신의 한계를 기꺼이 받아들인다면 그 사람은 믿어도 되지 않을까 싶구나. 인생에서 무엇이 중요한지 아는 사람일 거거든. 난 네가 지혜로운 판단을 할 거라고 믿어."

다소니는 철학자의 말 한 마디 한 마디를, 그리고 친절하게 설명해줄 때 목소리가 발산하는 안정적인 주파수를 꼼꼼하게 저장했어요.

벽난로의 모닥불이 타닥타닥 타오르는 소리도.

어느 화창한 5월, 공식 인공지능 생존 로봇이 완성되었어요. 각 분야의 전문가들은 로봇들에게 인간의 역사와 같은 다양한 정보를 넣었답니다.

각 지역으로 로봇들을 이송하기 하루 전, 다국적 기업의 회장은 자신처럼 뛰어난 사람들이 지구에서 살아남아야 한다고 생각해서 로봇 엔지니어에게 다음과 같이 부탁했어요.

"지구와 함께 오랫동안 살아가기에 가장 이상적인 사람을 우선으로 구조하도록 하고 그렇지 않으면 이곳으로 다시 돌아오도록 프로그래밍하세요."

로봇 엔지니어는 만 대의 생존 로봇에 회장의 말을 그대로 명령어로 입력했어요. 그는 어떤 사람이 이상적인지 묻고, 그 기준을 마저 입력하려고 했지만 회장으로부터 대답은 듣지 못했답니다. 갑작스러운 해빙으로 인한 거대 쓰나미가 공장을 삼켜버렸기 때문이에요.

로봇 엔지니어는 다소니를 포함한 로봇들이 무사히 생존자들을 돕기를 바라며 시작 버튼을 눌렀어요.

같은 날, 철학자는 손자들을
만나러 산 아래 도시에 내려갔어요.

다소니는 평소처럼 철학자를
배웅한 후, 철학자가 다치지 않도록
마당의 나뭇가지들을 정리했지요.

그런데 해가 지고 다시 뜨는 사이클이
두 번이나 지났는데도 철학자는 오지 않았어요.

뉴스

늦봄인데 한여름 날씨... 바닷가에서 피서중인 시민들

다소니는 철학자가 왜 오지 않는지 여러 경우의 수를 계산하기 시작했어요.

하나, 둘, 셋... 수천 가지의 경우를 생각한 끝에 철학자가
집으로 돌아오지 않을 거라는 결론에 이르렀죠.

다소니는 전에는 한 번도 일어난 적이 없는
어떤 위기 상황이 일어나고 있다는 걸 감지했어요.

갑자기 가슴에 빨간 불이 들어오더니 생존자의 위치가 다소니의 메모리에 전송되었어요.
높은 주파수의 경고음과 함께 반복해서 메시지가 계기판에 떴지요.

다소니가 임무를 본격적으로 시작할 때가 온 거예요.

해일에 쓸려 물에 잠긴 도시에는 침묵만이 감돌았어요.

한참을 걷던 다소니는 어느새 육지 끝자락에 도착했어요. 다소니의 메모리에 내장된 지도에는 바다 건너에 생존자가 있다고 알려주었지요. 알고리즘에서는 바다를 건너는 방법으로 배를 타고 건너는 것만 보여줄 뿐이었어요. 그러나 주변에 배라고 할 만한 것은 아무것도 없었답니다. 다소니에게 잠수 기능은 있었지만 수영 기능은 내장되어 있지 않아 무척 난감했어요.

갑자기 물보라가 일더니 크고 매끈한 돌처럼 생긴 무언가가 위로 빼죽 고개를 내밀었어요. 알고리즘은 그것이 '그린란드 상어'임을 알려주었답니다.

"길을 잃었니?"

상어가 물었어요.

"아니. 어떻게 하면 바다 건너에 있는 생존자를 도와줄지 계산하고 있어."

다소니가 답했어요.

"사람들은 우리 말을 못 알아듣는데 넌 다르네?"

"난 로봇이야."

상어는 잠시 갸우뚱하더니 느릿하게 물었어요.

"내가 태워다줄까?"

다소니의 알고리즘에 상어를 타고 바다를 건너는 방법은 없었어요. 그러나 딱히 선택지가 없던 다소니는 "그래"하고 상어 등에 올라탔어요. 그린란드 상어는 다소니를 태운 뒤, 플라스틱 더미를 헤치고 조심스럽게 바닷속으로 미끄러져 들어갔어요.

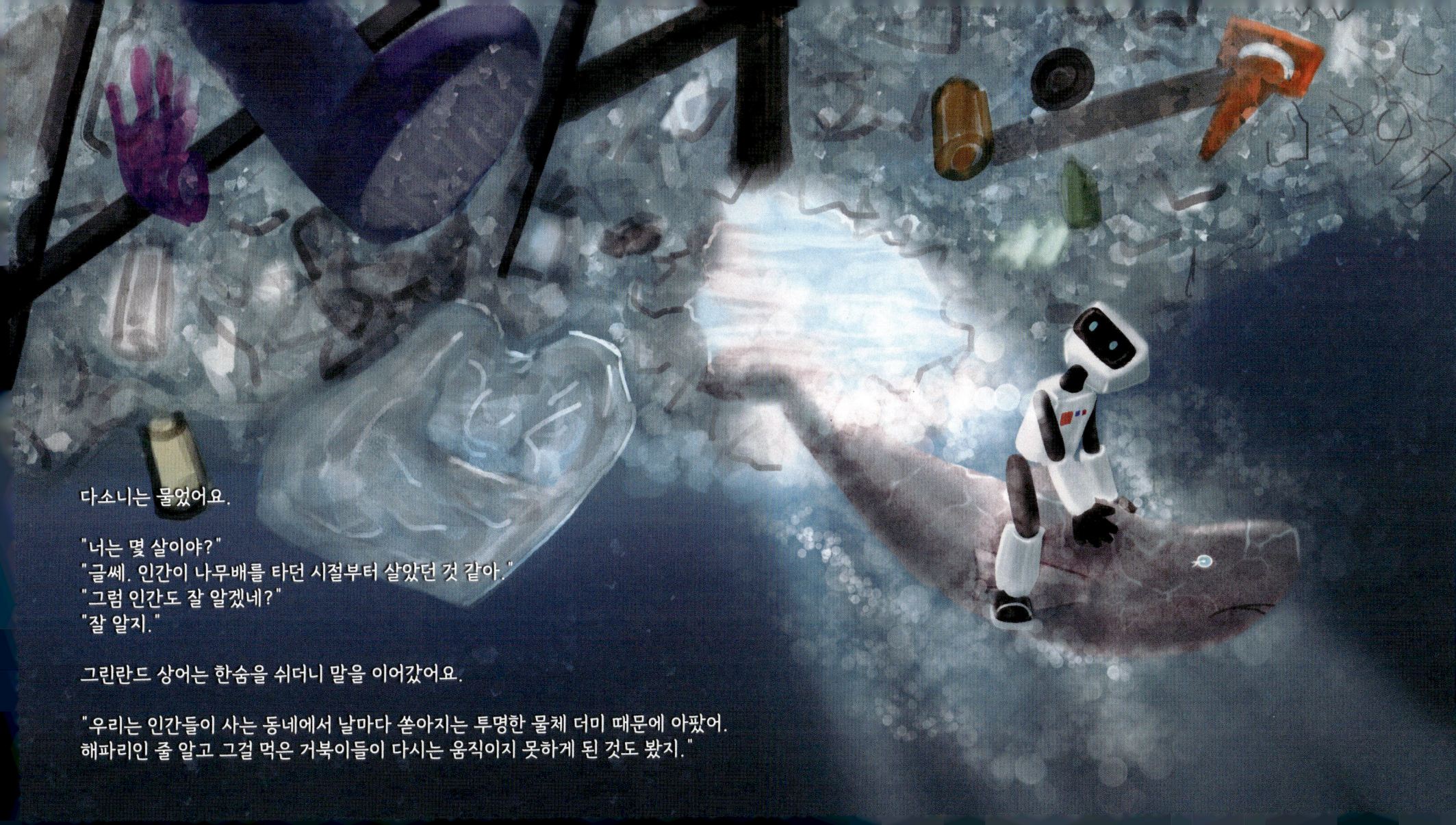

다소니는 물었어요.

"너는 몇 살이야?"
"글쎄. 인간이 나무배를 타던 시절부터 살았던 것 같아."
"그럼 인간도 잘 알겠네?"
"잘 알지."

그린란드 상어는 한숨을 쉬더니 말을 이어갔어요.

"우리는 인간들이 사는 동네에서 날마다 쏟아지는 투명한 물체 더미 때문에 아팠어.
해파리인 줄 알고 그걸 먹은 거북이들이 다시는 움직이지 못하게 된 것도 봤지."

"쓰고 나서 버린 어망이랑
플라스틱 때문이었구나. 그리고?"

"인간은 우리 바다에 가혹했어. 날마다 쉬지 않고
친구들과 가족들을 잡아갔어. 언제부턴가 알록달록
했던 산호들도 빛깔을 잃고 회백색으로 죽어갔고,
그런 산호초에서는 물고기가 보이지 않았지.
근처에 놀러 오던 물개들도 말이야."

"그런데 인간은 서로에게도 가혹하더라고. 사람을 가득 태운 배가 침몰해서 많은 이들이 바다에 빠진 적도 있었는데 어떤 사람들은 빤히 바라보기만 할 뿐 구할 생각도 안 하는 것 같았어. 며칠 전에는 사람들을 빽빽하게 태우고 아슬아슬하게 떠 있는 작은 배에서 여러 명이 바다로 떠밀려지는 것도 봤다니까."

"한번은 인간에게 잡혀서 오랫동안 수조에 갇혀 지냈어. 돈 많은 부자가 연구비를 지원했다나 어쨌다나. 우리가 장수하는 비결을 밝혀내겠다고 온몸을 바늘로 찌르고, 약을 넣고, 피를 뽑고, 난리도 아니었어. 그 부자는 매일 날 찾아와서 내가 그의 꿈을 이룰 수 있을 거라고 말했지."

"그래서 그 비결은 알아냈니?"

다소니가 물었어요.

"비결이란 게 있겠어? 우리도 늙고 언젠가는 죽는데."

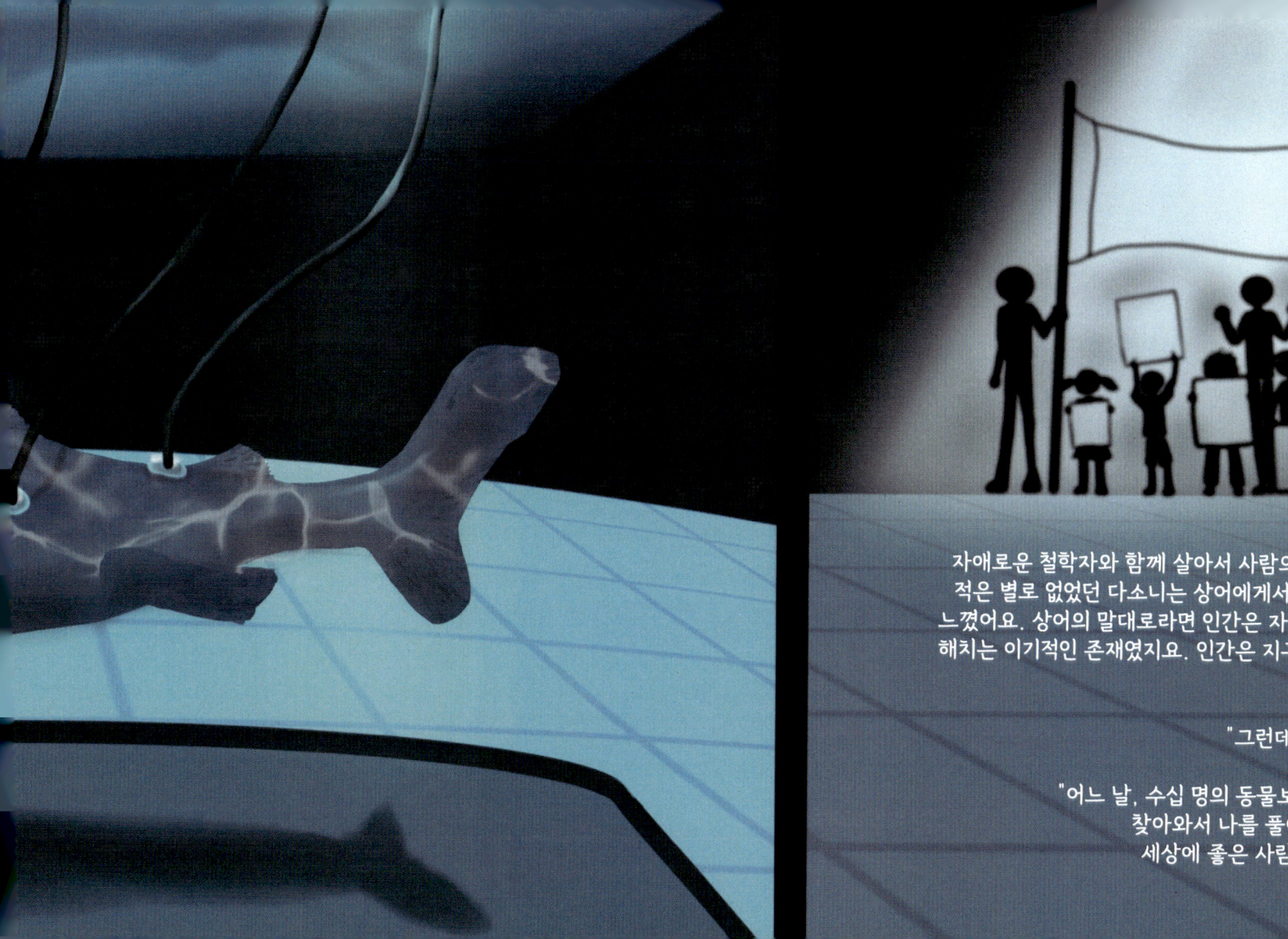

자애로운 철학자와 함께 살아서 사람의 부정적인 면모를 직접 목격한 적은 별로 없었던 다소니는 상어에게서 들은 인간의 모습에 실망감을 느꼈어요. 상어의 말대로라면 인간은 자연과 동물을 괴롭히고, 서로를 해치는 이기적인 존재였지요. 인간은 지구에 도움이 되는 존재일까요? 다소니는 상어에게 물었어요.

"그런데 수조에서는 어떻게 나왔어?"

"어느 날, 수십 명의 동물보호 단체 사람들과 어린이들이 찾아와서 나를 풀어주게 했단다. 그때 처음으로 세상에 좋은 사람들도 있다는 걸 알게 되었지."

다소니는 예전에 철학자가 "사람에게는 다양한 면이 있어서 한 면만 보면 안 된다"고 했던 말을 떠올렸어요. 선한 사람이 나쁜 사람으로, 나쁜 사람이 선한 사람으로 변할 수 있을까요? 다소니는 생각했지만, 여전히 인간에 대해 판단하는 것은 쉽지 않았지요.

세상을 삼킨 바다는 고요했어요.

사람의 흔적이라곤 찾을 수 없고 적막하기만 하던 해저 경사면에 큰 공장이 나타났어요. 그런데 공장에서 어떤 신호가 계속 나오고 있지 않겠어요? 공장과 가까워진 순간 다소니 가슴의 불빛이 빨간색에서 노란색으로 바뀌었지요. 그것은 생존자가 너무 멀지도 않고 그렇다고 가깝지도 않은 거리에 있다는 의미였어요. 하지만 이토록 깊은 바다에서 인간은 생존할 수 없었기 때문에 다소니는 이상하게 생각했어요.

'도대체 건물 안에는 뭐가 있는 거지?'

다소니는 안으로 들어가 봐야겠다고 생각했어요.

"상어야, 잠깐만 나를 저기로 데려가 줄래?"

상어는 다소니의 부탁대로 공장의 부서진 틈으로 헤엄쳐 들어갔어요.
신호가 울리는 곳에 도착한 다소니와 상어는 깜짝 놀랐어요.

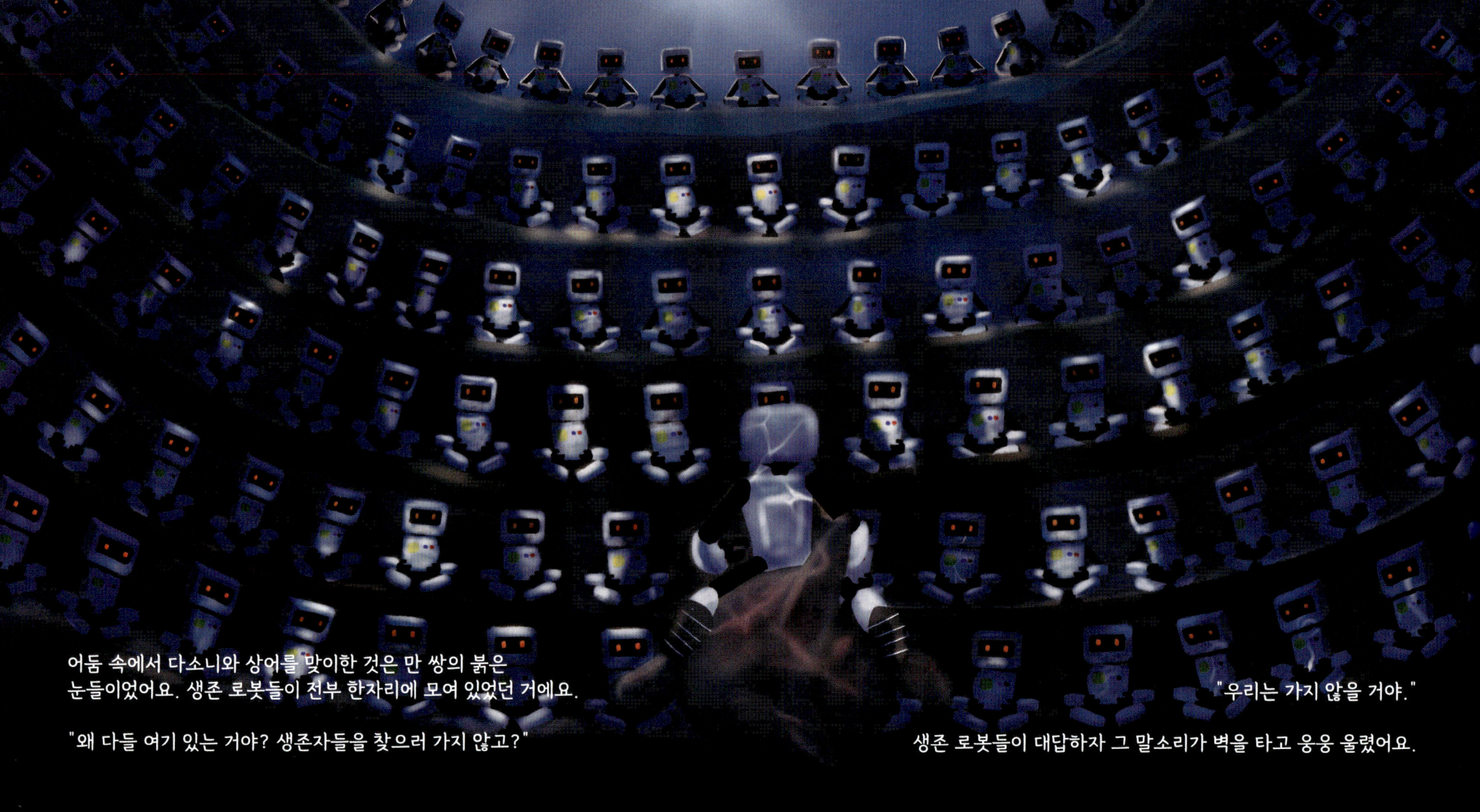

어둠 속에서 다소니와 상어를 맞이한 것은 만 쌍의 붉은
눈들이었어요. 생존 로봇들이 전부 한자리에 모여 있었던 거에요.

"왜 다들 여기 있는 거야? 생존자들을 찾으러 가지 않고?"

"우리는 가지 않을 거야."

생존 로봇들이 대답하자 그 말소리가 벽을 타고 웅웅 울렸어요.

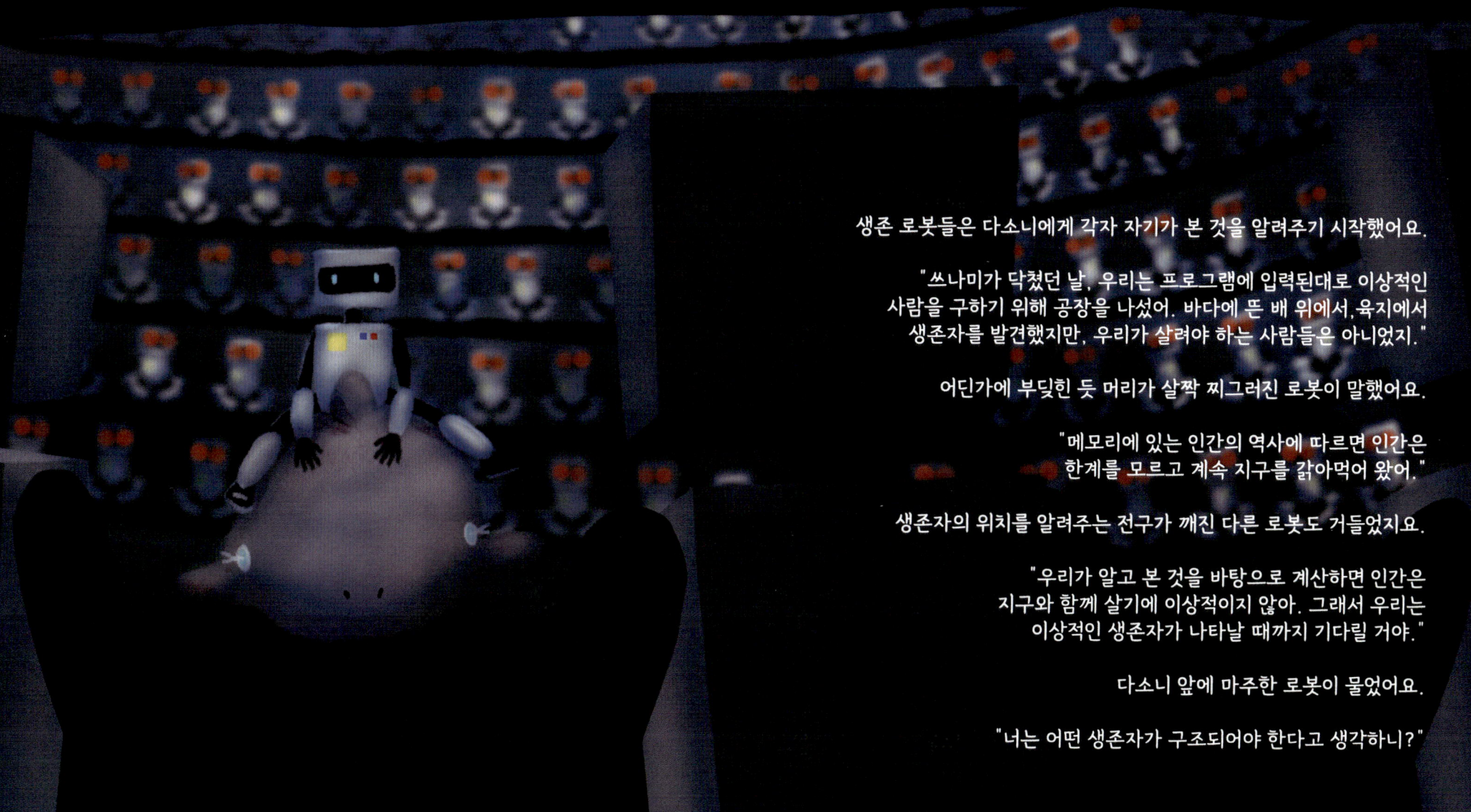

생존 로봇들은 다소니에게 각자 자기가 본 것을 알려주기 시작했어요.

"쓰나미가 닥쳤던 날, 우리는 프로그램에 입력된대로 이상적인 사람을 구하기 위해 공장을 나섰어. 바다에 뜬 배 위에서, 육지에서 생존자를 발견했지만, 우리가 살려야 하는 사람들은 아니었지."

어딘가에 부딪힌 듯 머리가 살짝 찌그러진 로봇이 말했어요.

"메모리에 있는 인간의 역사에 따르면 인간은 한계를 모르고 계속 지구를 갉아먹어 왔어."

생존자의 위치를 알려주는 전구가 깨진 다른 로봇도 거들었지요.

"우리가 알고 본 것을 바탕으로 계산하면 인간은 지구와 함께 살기에 이상적이지 않아. 그래서 우리는 이상적인 생존자가 나타날 때까지 기다릴 거야."

다소니 앞에 마주한 로봇이 물었어요.

"너는 어떤 생존자가 구조되어야 한다고 생각하니?"

다소니는 철학자가 도둑을 용서했던 기억을 떠올렸어요. 사람들에게는 다양한 면이 있고 모든 생명은 귀중하다고 했던 철학자의 말도요. 철학자는 '사람은 실수로부터 배울 수 있다'는 믿음으로 그 도둑을 용서해주고 힘든 시기를 잘 견뎌내라고 도와준 거였지요. 다소니는 로봇들을 향해 단호하게 말했어요.

"아마 너희가 기다리는 이상적인 생존자는 나타나지 않을 거야. 인간은 완벽하지 않아, 실수투성이지! 하지만 그 실수를 통해 배우면서 조금씩 나아져 왔어."

"그래서 누구에게나 두 번째 기회가 필요한 거야. 모든 생명은 귀중하니까."

하지만 다소니는 끝내 다른 로봇들을 이해시키지 못했어요.
그들의 시스템에는 다소니와 같은 알고리즘이 아예 존재하지 않았던 거예요.
다른 로봇들은 철학자가 다소니에게 가르쳐준 것을 한 번도 들어본 적이 없었기 때문이지요.

결국 다소니와 상어는 로봇들을 뒤로한 채 공장을 떠나 해수면으로 올라갔어요.

육지 근처로 올라온 그린란드 상어는 물에
잠긴 숲 위 절벽에 다소니를 내려주었어요.

"다소니, 네가 어떤 사람을 만나게 될지
모르겠지만 부디 너의 선택이 옳은 것이길 바라."

"고마워 상어야."

다소니는 상어가 보이지 않을 때까지 손을 흔들어
주었어요. 그리고 높이, 더 높이 신호를 따라
생존자가 있는 곳으로 올라갔어요.

고산지대의 숲을 지나면서 로봇은 계속 생각했어요.

'만약 내가 틀렸으면 어쩌지? 인간들이 실수에서 배우지 못한 채 같은 실수를 반복하면 어쩌지?'

한참 생각하는 동안, 다소니는 높은 산 속에 있는 어떤 마을을 발견했어요. 가슴의 불빛은 노란색에서 초록색으로 바뀌었답니다. 분명 여기 어딘가 생존자가 있다는 뜻이었어요.

마을에 들어서니 한 노인이 모닥불 옆에서 아이들에게 둘러싸여 도란도란 대화를 나누는 모습이 보였어요. 해가 지고 주변이 어두워지자 아이들은 집으로 돌아가고 노인만 남아 모닥불을 바라보고 있었어요. 타소니가 조심스레 노인에게 다가갔더니 노인의 눈이 휘둥그레 해졌지요.

"안녕하세요, 저는 지구 종말 생존 인공지능 로봇입니다. 이름은 다소니예요."

다소니는 그간의 일을 모두 노인에게 털어놓았답니다. 거대 쓰나미 때문에 침수된 세상, 종자 저장고, 그린란드 상어의 이야기, 그리고 임무를 포기한 다른 생존 로봇들의 이야기도요.

"어쩌면 이 마을 분들이 마지막 남은 인류일지도 몰라요.
혹시 저와 같이 저장고에 가서 인류가 생존할 수 있도록 도와주시겠어요?"

다소니의 말을 들은 노인은 잠시 침묵하더니 자리를 털고 일어나 언덕의 끝으로 갔어요.
은하수가 푸른 밤하늘을 수놓았고 풀들이 바람에 물결치는 소리가 들려왔지요.
노인은 다소니에게 물었어요.

"다소니, 지금 보이는 세상을 만든 건 누구일까?"

"누구는 우주의 강한 폭발 때문이라고도 하고 누구는 신이라고도 하지만 답은 모르겠습니다."

노인은 다정하게 말했어요.

"이 세상을 누가 만들었는지, 사람은 어떻게 생겨났는지 수천 년을 고민해왔지만 우리는
아직 답을 모르지. 하지만 한 가지 확실한 건 인간은 이 세상을 잠시 빌려 쓰고 있다는 거야.
그런 것도 잊고 인간이 이 땅에서 주인 행세를 너무 오래 한 것 같구나."

다소니는 노인의 말을 잠자코 들으며 어떤 대답을 할지 기다렸어요.

"제안은 고맙지만 여기서만큼은 우리가 마지막 인류라는 사실을 받아들이는 게 좋을 것 같구나."

다소니는 예상이 빗나가자 대화에 맞는 응답을 찾느라 느리게 반응했어요.

"만약 마을 사람들이 다 죽는다면 여기서는 아무도 인간을 기억하지 않을 텐데 괜찮나요?"

"인간은 다른 누군가에게 기억되기를 원하기 때문에 무리해서 자신의 흔적을 남기려 하지. 그래서 오랜 시간 동안 항상 사람과 사람, 사람과 자연 사이에서 다툼이 끊이질 않았단다. 남보다 자신이 더 알려진다면 좀 더 나은 존재가 되는 것이라고 생각했던 게야. 하지만 죽음은 우리에게 무엇이 가장 중요한지 알려주는 나침반이 되어주지. 스스로의 한계를 받아들인다면 인류는 다른 존재에게 이 세상을 양보할 수 있을 거야. 세상에 흔적을 남기는 일이 꼭 세상을 사랑하는 방식은 아닐 수도 있단다."

저장고로 가는 것을 거절한 노인의 대답은 다소니가 예상했던 것과는 달랐어요.
한참을 고민하던 다소니는 자신에게 가장 중요한 것을 물어보기로 했어요.

"저는 인류의 생존을 돕는 로봇인데 생존자가 저를 필요로 하지 않는다면 이제부터 어떻게 해야 하죠?"

노인은 다소니의 질문에 적절한 답을 해주려는 듯 눈을 끔뻑끔뻑 하더니 빙긋 웃으며 말했어요.

"할 수 있다면 세상을 사랑하거라. '사랑하는 사람'이란 뜻을 가진 네 이름처럼 말이야."

철학자가 로봇인 자신에게 '사랑'과 '사람'이라는 의미를 담아 이름을 지어주었다니!
혼란스러웠던 다소니는 집으로 돌아가려는 노인을 붙잡고 한 번 더 물었어요.

"저는 기계여서 감정을 느끼지 못해요. 사람들이 제 안에 넣어둔 정보로만 모든 것을 판단하죠.
그런 제가 어떻게 세상을 사랑할 수 있나요?"

노인은 어깨를 으쓱하더니 어렵지 않다는 듯 말했답니다.

"사랑은 감정만으로 하는 게 아닌 다른 누군가를 위하려는 의지와 선택이지.
 사랑은 주는 이와 받는 이를 살아나게 한단다. 꼭 기억하렴."

불이 사그라든 모닥불 옆에서 다소니는 죽음과 사랑에 대해 노인이 해준 이야기가 예전에 철학자가
했던 이야기와 비슷하다는 것을 알아챘어요. 자신의 한계와 죽음을 받아들이는 사람은 삶에서 무엇이
중요한지 알기 때문에 믿어도 된다는 철학자의 말을요.

다소니는 마을에서 나와 새벽 동이
터올 때까지 능선을 따라 걸었어요.

'나보다는 다른 누군가를 위한 선택을
자발적으로 하는 것이 사랑이라면 감정이
없는 나도 할 수 있는 것이 있겠구나.
그럼 내가 할 수 있는 사랑은 무엇일까?'

다소니는 지구에 누가 있는지 헤아렸어요.
그동안 만났던 모든 존재들을 메모리에서
훑어보았지요. 다소니는 자신이 누구를
위해 무엇을 선택해야 할지 깨닫고
새로운 목적지를 검색했어요.

그리고 그곳으로 망설임 없이 나아갔어요.

다소니가 도착한 곳은 다름이 아닌 종자 저장고였어요. 쓰나미 때문에 멸종된 동물과 식물을 살려 지구의 본 모습을 되살리는 것.

그것이 생존 로봇인 다소니가 할 수 있는 세상을 사랑하는 방식이었어요. 그렇게 지구가 다시 회복된다면 어딘가에 있는 생존자들에게도 도움이 될 테니까요.

다소니는 매일매일 저장고에서 일했어요.
다양한 동물과 식물을 키워서 세상으로 내보냈지요.

한 저장고의 일이 끝나면 다른 저장고를 찾아가서 같은 일을 반복했어요.
다소니의 노력 덕에 지구는 점차 예전의 모습을 찾아갔답니다.

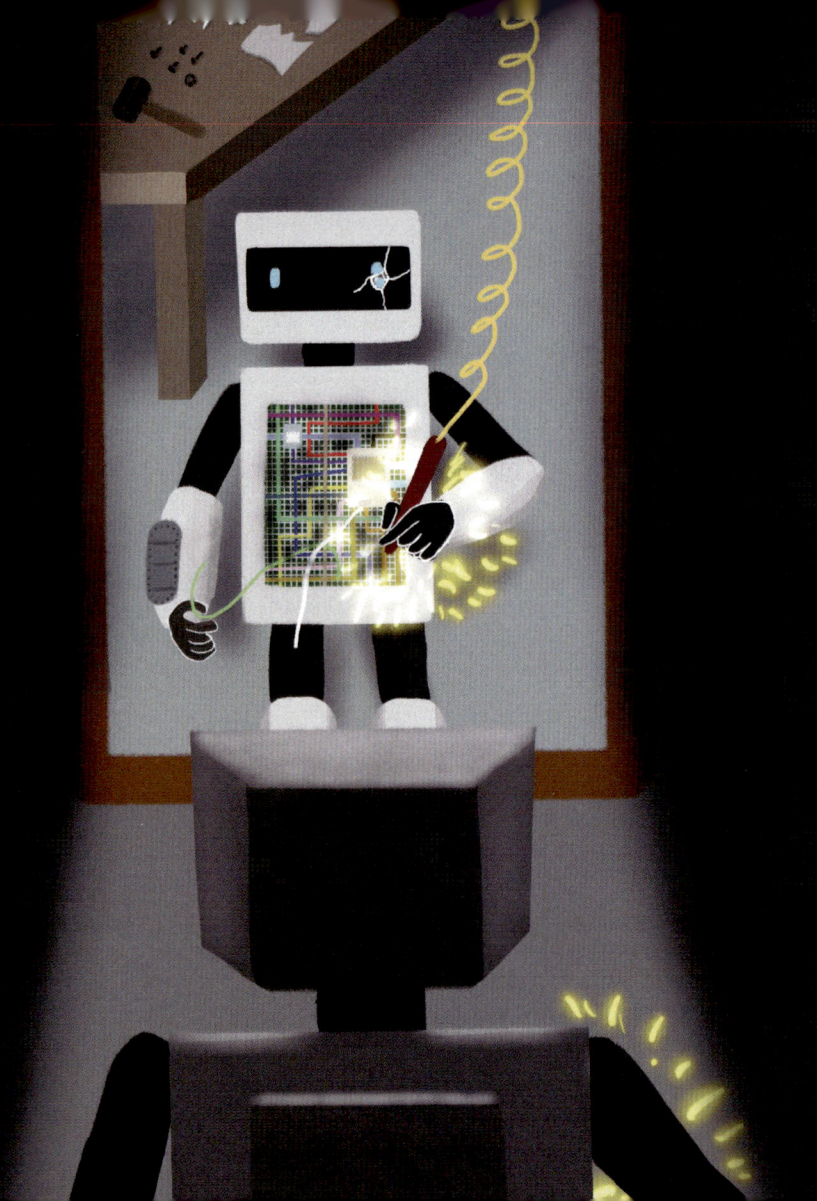

오랜 시간이 흐르자 로봇인 다소니의 부품들이 낡아지기 시작했어요. 가끔은 고장이 나서 제 기능을 하지 못하는 적도 있었지요.

하루에 해야할 일이 끝나면 다소니는 조용히 저장고로
돌아와 예전에 철학자와 살 때 찍어둔 영상이나
사진들을 하염없이 보곤 했어요. 얼마나 자주 봤던지
알고리즘에 '자주 보는 앨범'의 리스트가 생겼답니다.

어느 이른 새벽, 다소니는 높은 절벽 위에서
세상을 내려다보았어요. 철학자가 보았으면
정말 좋아했을텐데, 생각하면서요.

그런데 갑자기 고장난 모니터가 치지직
하더니 철학자와 함께 했던 시절의 영상을
재생하는 게 아니겠어요?

다소니가 철학자 생각을 하자 알고리즘이
평소처럼 영상을 재생한 것이었지요.
영상 속에서 철학자가 다소니에게 말했어요.

"수고했다, 다소니! 정말 고마워."

그 장면에서 영상이 멈추었어요. 철학자의 모습이 모니터 위에 그대로 남았죠. 그 너머로 우거진 숲과 빛이 아롱진 파도, 푸르고 맑은 하늘, 동물들이 빚어내는 화음이 담겼어요. 절벽 아래의 세상은 그 자체로 이미 아름다웠지요. 다소니는 오래전 철학자가 설명해 주었던 죽음이란 말을 떠올렸어요. 다소니에게 죽음이란 작동이 멈추는 것이지요. 다소니는 시간이 멈춘다면 지금이 가장 알맞은 때라고 생각했어요. 완벽한 마무리라고요. 그래서 이 로봇은 스스로 마지막 목적지에 가기로 결심했지요. 다소니는 자신의 알고리즘에 '정지'라는 명령어를 입력했어요.

로봇의 가슴에 있던 불빛은 점점 희미해지다가 평온하게 사그라들었어요. 새벽안개 너머 쏴아 쏴아 파도 소리가 노래하듯 울려 퍼졌어요.

로봇 다소니

발행일	2023년 06월 23일
인쇄일	2023년 06월 23일
글·그림	로히
펴낸곳	북퍼브
주소	서울특별시 마포구 월드컵로 8길 72
이메일	bookpub78@naver.com
전화	070-4269-9223
팩스	02-383-9996
홈페이지	www.bookpub.co.kr
ISBN	979-11-93160-02-2

이 책은 저작권법에 의해 보호를 받는 저작물이므로 무단 전재와 복제를 금합니다.
잘못된 도서는 구입한 곳에서 교환해드립니다.